Benno Wortmetz Kreuzmair

sive

Alit Crucilius

Der DoDo-Hexer

oder

Der Tritt mit dem Versfuß

Für uns

dank Pole

Bibliografische Information der Deutschen Nationalbibliothek:
Die Deutsche Nationalbibliothek verzeichnet diese Publikation in der Deutschen Nationalbibliografie. Detaillierte bibliografische Daten sind im Internet über http://www.d-nb.de abrufbar.
ISBN 978-3-85022-322-5

Alle Rechte der Verbreitung, auch durch Film, Funk und Fernsehen, fotomechanische Wiedergabe, Tonträger, elektronische Datenträger und auszugsweisen Nachdruck, sind vorbehalten.

© 2008 novum Verlag GmbH, Neckenmarkt · Wien · München
Lektorat: Mag. Petra Vock

Coverbilder: Lucia Scherer
Gedruckt in der Europäischen Union auf umweltfreundlichem, chlor- und säurefrei gebleichtem Papier.

www.novumverlag.com

Do Do statt To Do

Do Do ist englisch für: „Tu, Tu!" und japanisch für: „Weg Weg". Eigentlich wollte ich ein Buch „To Do" schreiben. Das schob ich ein Jahr vor mir her. Das „To" ärgerte mich. Ich lasse mir nichts sagen, am wenigsten von mir selbst. Das Ziel hinderte mich wegzugehen, den Weg zu gehen.

Dann änderte ich den Titel in „Do Do" und fing sofort an: „Do Do" geysirte aus meiner Feder. Ich schrieb das Büchlein nachts mit schlafwandlerischer Sicherheit und ließ mich vom Flüstern einer liebenden französischen Maman in den Schlaf wiegen: «Fait dodo, mon petit …» (Mach schön heia, mein Kleiner!).

Tief Blick

Spüren Sie das heranwellende Kribbeln in der Magengegend: Sie stehen auf dem wippenden Dreimeterbrett, blicken auf das kühle, sich zu Schaumkronen kräuselnde Buchstabenmeer hinunter – unwiderstehliche Herausforderung, sehnsüchtig-hemmungslose Hingabe, existenzielle Drohung des nassen Todes, knallendes Ur-Erlebnis der nach Luft japsenden Wiedergeburt zugleich. Drei Sekunden wohlige Angst. Und dann …

Luft- / Wasser- / Luft-Spruuung

Fühlen Sie, wie Ihre Brust unfreiwillig den befreienden Glücksschrei ausstößt, und werden Sie eins mit dem schwerelosen Abwärts-Sausen in der leise zischenden Luft, dem elementewechselnden Eintauchen ins Wasser, dem Auftrieb im Glucksen. Wenn Sie auf der nächsten Seite auftauchen, beginnt Ihr Abenteuer! Es wird alles ganz anders …

Ein Gong

„Gong! Ein Gang tut sich auf.
Du, geh nur den Weg, den deinen!
Spring und tauche hinab;
gewendet treibt's dich nach oben.

Sinn-Wahn und – Wahrheit genieße!
Zieht dich hinab die eine,
drückt dich hinauf die andere Kraft der zwei Elemente."

Die Zeit Spanne

„Zeit! Nicht lass sie dir, lasse sie!
Schlägt sie dich doch nur in Ketten.
Weckt dich mit Zeitschrei der Hahn,
blockt deinen Weg doch das Schlafhuhn.

Stolz zeigt die Glieder der Kette,
den Lederfetisch der Sklave.
Ist das Armband der Uhr auch bloß Schelle der Hand,
die euch bindet."

Die Vormittagsgesellschaft

„Bist du gezwungen, so tu, was du musst!
Halt ein mit dem Jammern!
Vormittags arbeiten alle.
Der Mittag raubt dir die Kräfte.

Nachmittags hat der Tag die leiseren Töne,
du fühlst es.
Nachts gar bist du allein, wenn du arbeitest.
Brauchst keinen andren!"

Das Gedächtnis

„Merk dir nichts mehr! Gedächtnis?
Vergiss es! Es bringt nichts.
Haben doch Scheiben und Netze unendlich gespeichert
und sind dir verfügbar.

Schneller aus Mehr holt der Rechner dir her –
viel besser, als du's kannst.
Wähl, was du brauchst, verknüpf es, werte!
Das ist genug Arbeit."

Der Wind Trieb

„Bist du auf hoher See
und weißt deinen Weg nicht!
Egal ist's!
Traue nicht Senecas Satz!
Ein günstiger Wind ist dir jeder!

Treibt er dich doch zu Ufern,
die nie du vorher gesehen,
statt dich durchs Tor des gewohnten,
bequemen Hafens zu zwängen."

Die Tag- und Nacht-Gleiche

„Dreh den Bewusstseinskegel durch Dämmern,
Schlafen und Wachen!
Nimm in eins Tag und Nacht,
denn dein Gestirn ist dasselbe,

gleich, welche Seite du schaust,
die lichterfüllte, die dunkle.
Stets tanzt du selbst deine Seins-Pirouette,
drum nimm sie als Ganzes!"

Problem Ende

„Vorwurf! Das heißt Problem.
Erspar dir doch beides für immer!
Lagen nur gibt's und
Fragen und wagen musst du es selber,

anzusetzen zum Sprung
auf den richtigen Weg
für die Lösung.
Halte den Fuß in den Fluss
und spüre die kühlende Fülle!"

Do Do

„Wege suchen und gehn –
nichts anderes fordert das Leben.
Ziele braucht nur, wer faul oder satt,
ohne Lust oder ratlos,

nicht kreativ, geschoben, gezerrt
seinen Weg Gang verstolpert.
Tantalus gleicht er.
Vergeblich versucht er,
das Obst zu erschnappen."

Intensité

„Intensité misst, wie dicht dein Erleben
dein Leben ausschwängert.
Teils kannst du selbst es bestimmen,
teils trägt es dich lustvoll von dannen.

Pack bei den Hörnern den Stier!
Verschmelzt eure Kräfte in eine,
wenn die Gelegenheit günstig dir scheint
und du darauf Lust hast."

Rapidité

„Rapidité! Durchschreite die Meile
in Eile und Weile!
Lento, allegro? Justiere das Tempo!
Der Seele gerecht sei!

Tu in die eine Schale der Waage rapidité,
intensité in die andere.
Pendeln soll dann das Zünglein."

Die Chaos-Stanze

„Anschaulich ist die Maschine,
auch wenn unser Kopf noch so hohl scheint.
Gieß in die gleichen Formen randvoll andere Fülle!

Schneid deine Blätter nicht kantig,
lass frei sie nur flattern!
So wird dir täglich bewusst,
dass des Tages Gestalt nicht glatt ist."

Alles ist im Fluss (Enpotamie)
Bewusst Stein
(Holomorphosis – All Gestalt)

Fluss

„Du bist der Fluss, der Fels,
der Baum, der Wind – du bist alles!
Werde es gewahr, sonst öffnet sich niemals
die Auster des Lebens.

Tropfen für Tropfen drängst du nach vorn
und schleifst das Gestein ab.
Wälzend lagerst Geschwemmtes du ab,
tauschst Altes und Neues.

Steinig stemmst du dich standhaft entgegen
dem fließenden Wasser,
Bettest den Lauf, hältst lang ihn nicht auf
und lässt dich erweichen.

Sprichst durch Geräusche und Zeichen,
doch niemand versteht deine Botschaft,
Sagst du auch Wichtiges,
weist den Weg in neue Gefilde.

Wehend streichelst du, rüttelst sie auf,
sie dulden die Folgen,
sehn und verstehn aber nicht
und leiden und freun sich als Opfer."

Korn

„Du bist der Bach, das Rad,
der Mahlstein, das Korn –
du bist alles.

Munter entquillst du dem Fels,
hinunter springst du zu Tale.
Kraft der Flucht und der Schwere treiben,
ziehn dich nach vorne.

Vorwärts schießenden Drang
willst wandeln du ächzend im Kreise.
Welle dynamisch zur Welle schaffst du
Energie zu der Stelle.

Schwer getriebener Rundstein
drehst du im Kreise dich ewig,
malmend geschüttetes Korn
mit knirschenden Zähnen mahlend.

Langsam zermehlt zu fliegendem Staub,
das Korn schon vergessen,
machst du dich nützlich in neuer Gestalt
und schlüpfst in die Nahrung."

Meister Lampe
(Mensch meistert Lampe)

„Strahle mit leuchtenden Augen,
ob Kugeln, ob Mandeln sie formen,
Licht auf deine Idee.
Mehr Weiß oder Farbe lass schillern!

Nabel mit blauer Trompete als Auge
des Bauches erleuchte,
Welle des Zwerchfells bringe
zum Schwingen und Klingen das Muster!"

Das Wind Wort
(The wind blows the answer)

„Bläst der Wind in den Baum.
Doch dieser stellt seine Äste,
hörbar zu machen für uns die ächzende,
heulende Botschaft.

Sinn haucht die atmende Brise auf uns.
Das Auge sieht Zeichen,
die das Geäst übersetzt in Bilder
für uns zum Verständnis."

Knall, Tüte!

„Knallend zerplatze die Tüte!
Der Naivität schlichten Frohsinn halte im Herzen!
Knülle den Tütenhals in deiner Faust!

Puste kräftig hinein dann
und schlag mit der anderen Hand
flach auf den Tütenboden
zum ohrenbetäubenden Lustknall!"

Wette, Werbe

„Immer der Beste zu sein
und weit überlegen den andern –
tief scheint's verwurzelt in unsrer Natur.
Doch trau dich alleine!

Selbst bestimme das Maß
und fühle den Grad, wann's genug ist!
Streb so lang, wie's dich gelüstet,
erfüllt, nicht verzehrt,
nicht verzerrt!"

Nacht Wache
(carpe noctem)

„Fesselt ans Lager dich dämmriger Un-Schlaf,
so wach ohne Reue!
Feuer sind's zwei, die die Backen des Pos
dir schmerzlich versengen:

Eins zieht dich runter ins weiche Gepfühle
und lähmt dir die Schwingen.
Anders das andre der beiden Feuer:
Es lockt dich zu Taten,
außerhalb bleischwerer Ruhstatt zu sehen,
zu gehen, zu bleiben,
bis die sinkenden Lider
die Fenster verschließen nach draußen.
Lass die Kräfte sich messen allein
und danke dem Sieger!

Treibt's dich zu tun,
dann nutze die Wachheit
und handle in Stärke!
Nie ist tiefer die Ruhe,
nie ist reiner das Magma.
Morpheus holt dich zurück dann
und drückt auf den meckernden Wecker.
Tief noch fällst du in Schlaf
und erholst dir Körper und Seele.

Treibt's dich zu lassen, dann lasse dich los
und wein keine Träne!
Gleit in die ewige Tiefe
gemeinsam ruhender Seelen!"

In-der-Gute-Nacht-Geschichte
Mole Kühle

„Flüchtig und radikal sind Ideen,
wenn nachts sie sich wälzend,
schwingend entäußern dem
peristaltierenden Kopfe-Gedärme.
Wert, in glühender Würmchen Irrlicht
den Tag zu erblicken.
Halte für immer sie fest,
mit verstrickendem Nadelgeklapper!

Poltern sie durch deinen Geist,
so gib Macht du nur ihrer Verknüpfung!
Wollen sie doch sich verbinden,
zu scheu aber sind sie und fliehen,
wenn nicht Papier sie
in kringelnder Tintengestalt in sich aufsaugt.

Atmet sich's schwer?
Oh, öffne den Mund du lebendigem Odem,
schnorchelndem Saugen
und kräftigem Blasen gewährend die Freiheit,
strömt auch die Melodie dem Partner
ins Fell seiner Trommel."

An-Trilogie

Den An gefangen!

„Fange den An,
entgegen reckt er dir wuchtig den Schädel
hier und jetzt!
So pack beim geschweiften Horn das Muh-Vieh,
bändige kraftvoll den zottigen Trottel,
spann ihn vor den Karren,
dass deiner richtigen Richtung er
seine Stärke verleihe!"

Den An beim Schopf gepackt!

„Fange den An und pack
das geschopfte Geschöpf bei der Mähne!
Flüchten will's sonst und fort mit sich tragen
die günstige Chance.
Kommen tut's freilich wieder,
doch musst du so lange erst warten.
Anders ist die Gestalt,
doch genauso kurz seine Weile."

Den An beim Horn gehalten!

„Gleicht doch der An dem Wesen der Fabel,
ein Pferd mit Gehörne:
Flüchtig seine Natur und fliehend,
wenn laut oder hektisch
Unbekanntes gefährlich erscheint
und Weglaufen rettet.
Hältst du das Horn nur kurz auch –
zum Aufsteigen reicht's allemal noch.

Zügellos reite das brav-wilde Tier
und lass es dich führen,
Hat's doch die besseren Sinne,
das Aug, das Ohr und die Nase!
Strebend trägt's dich zu saftiger Weide,
folgt deinem Begehren,
wenn du woandershin möchtest,
in schwebender Schaukelstuhl-Gangart.

Sprudel im Gedärm

„Wachst du auf aus dem Schlaf
und spürst einen Druck unterm Magen,
schiebe den Hosenbund nur einige Zentis nach unten;
wie vom Damme befreit
und glucksend befreiend sogleich
sprudelt weiter hindurch das Gestaute
zum wohligen Schlafe."

Das Gewurschtel

„Zerwirkt mit Gewurschtel Person oder Sache
den Hintergrund, deinen,
Flieh den diabolus loci! Verjag ihn!
Wirft durcheinander

er doch den starken Fluss
und dich auf ihm polla planchtes
kräftezehrend durch Rascheln,
Lochen und nervendes Dribbeln."

Fühle Mond

„Fühlst du wirken in dir den Mond
mit grinsend Gebirge,
freu dich über den gelben Gesellen,
geselligen Gelben!

Bist doch bald Kämpfer,
bald Balduin Bählamm im wechselnden Schritte,
nimm die leuchtende Botschaft an,
ab und zu im Rhythmus,
löse mit Spannung, entspanne zur Lösung
im tanzenden Reigen!"

Fort Gong

„Wähle die Länge, die Breite,
die Höhe der Landschaft, des Weges!
Gleißendes Licht und schimmernder Regen
sei dir gebogen.

Gong! Und schwing dich, spanne,
entspanne dein Herz und dein Zwerchfell!
Geh nur weg, deinen Weg
und passiere den Pferdekopfnebel!"

Epi Log zur Sache

DoDo, der Weg des Weges oder der Weg Gang sieht den Leser als Alltagshelden: An aufgedrängten oder selbst auferlegten Zielen, die sich zu Zielkonflikten schürzen, scheint er tragisch scheitern zu müssen. Die Peripetie ist einfach, nicht katastroph, sondern anastroph:

Der DoDo-Meister befreit den Leser mit einem sanften Lächeln aus seinen zwickmühlenhaft-aporischen Ausweglosigkeiten, geleitet ihn durch Unwegbarkeiten und lädt ihn ein, sich den Staub des Reichs der Ziele ein für alle Mal von den Füßen zu schütteln.

DoDo ist das Einswerden des Gehenden mit dem Weg. Diesen Weg lichtwandelt der DoDo-ka gewandelt. Er und es geht einfach.

Epi Log zur Person

Gehen Sie nun Ihren Weg alleine weiter! Sie brauchen mich momentan nicht mehr. Die wichtigsten Fragen sind angepackt, die Lösungen in Ihr Gepäck eingepackt, in Ihr Gebäck eingebacken.

Vielleicht begegnen wir uns ja wieder im nächsten Buch: Dort gesellt sich ein Gefährte zu uns: Aus dem Getier habe ich ein Geh-Tier für Sie ausgewählt. *Uma Do* oder der Weg des Pferdes. Das Pferd – uns voraus und trotzdem mit uns und unter uns – geht einfach!

Neue Bücher:

„**Alle Uhren gehen falsch**"
– Das Konzept der Neuzeit –
Tractatus neo-horologicus

„**Die Sprache der Bäume**"
Trilogie: *Sprich – Zeichne – Sage*

„**Das perfekte Kunstwerk**"
derzeit unter Druck

„**Navelzine**"
Das Schiffchen auf dem Bauch

„**Meister Lampe**"
*Die erleuchtete Umdingsung
ins Humanissimo-Design*

Benno Wortmetz Kreuzmair

Benno Kreuzmair, Jahrgang 1946, hat in der Schule nur Latein- und Griechisch-Hausaufgaben gemacht. Recht hat er in München und Genf gelernt.

Nach sieben fetten und sieben mageren Jahren in abhängiger Stellung hat er sich als Anwalt selbstständig gemacht.

Seine Liebe gilt der Sprache, gleich ob und wo sie das eigene oder das gemeinsame Dasein gestaltet.

Der Umzug vom oberbayerischen München ins niederbayerische Willersdorf, aber ebenso der Sprung auf die Bühnenbretter, der Griff zur Feder für die Lokalzeitung, das tägliche Füttern von drei Pferden und sieben Schafen haben ihn gedrängt, Gefühltes zu dichten.

Der DoDo-Hexer ist sein „Coming out".

Regensonntag
Daniel Sutter

Der vorliegende Lyrikband vereint erstmals alle Gedichte Daniel Sutters, die im Laufe der vergangenen zwanzig Jahre entstanden sind. Es sind Momentaufnahmen aus dem Leben, feine Beschreibungen von Stimmungen, surreale Bilder, oft auch Sprach- und Wortspielereien.

ISBN 978-3-85022-162-7 · Format 13,5 x 21,5 cm · 70 Seiten
€ (A) 13,90 · € (D) 13,50 · sFr 25,10

Gedichte leben
Carina Ringens

Den Höhen und Tiefen des Lebens, den existenziellen Fragen des Daseins nähert sich Carina Ringens in Gedichtform. 109 kompakte Gedankengänge – voller Emotion – führen durch Herz und Hirn des Menschseins, versuchen, falsche Fesseln abzuwerfen, machen Mut, Risiken einzugehen, erzählen von Scheitern und Erfolg, Humor und Melancholie, Liebe und Hass.

ISBN 978-3-85022-067-5 · Format 13,5 x 21,5 cm · 122 Seiten
€ (A) 15,90 · € (D) 15,50 · sFr 28,50

Nicht ohne Liebe!
immer wieder ...

Iris Schwaneberger

„Seinen Ursprung nahm das Buch in der Erinnerung der Autorin daran, dass ihr vor vielen Jahren „etwas verloren gegangen ist" – und dieses Etwas ist ihr Selbstausdruck in Form des Schreibens. Nachdem sie sich wieder Papier und Stift anvertraute, wurde das Schreiben zur Quelle der seelischen Gesundung. Mit jedem Gedicht kam sie mehr und mehr zu sich und erlangte ein Selbstverständnis jenseits der Scham über ein vermeintliches Verkehrtsein. – Insofern bekommt der Leser Einblick in ein Therapietagebuch der besonderen Art."

ISBN 978-3-85022-102-3 · Format 13,5 x 21,5 cm · 90 Seiten
€ (A) 18,90 · € (D) 18,40 · sFr 33,40